Voilà Paloma, Enzo et Pipo plongés da

Pollyanna,
d'Eleanor H. Porter

En un clin d'œil, par la magie de la lecture,
ils se trouvent transportés à l'intérieur du livre…

« Bonjour ! Je m'appelle Pollyanna.
– Quel drôle de nom ! dit Enzo.
– J'adore ! Imaginez : si mon prénom était Hepzibah, on m'appellerait Hep, Hep, Hep. Ce serait terrible !
– Où est-ce qu'on va ? demande Paloma.
– Je pars vivre chez ma tante. Je ne la connais pas, mais je suis sûre qu'elle est très gentille et qu'elle habite une belle maison avec des tapis, des rideaux et des édredons fleuris. »

Cherche-moi
dans chaque page !

« Il y a des bosses partout sur cette route, râle Enzo, ça secoue trop !
– Ouaf ! ouaf ! oulaf-laf ! » gémit Pipo, devenu tout vert.
Ce qui, en langage chien, signifie : « J'ai le tournis. »

« J'adore quand ça remue ! dit Pollyanna, on dirait un rodéo. C'est rigolo !

– Tu es toujours contente, toi ! s'exclame Paloma. Quel est ton secret ?

– Le jeu du bonheur.

– C'est quoi ?

– Vous allez voir ! »

Le chauffeur se gare devant une grande maison
juste au moment où la pluie se met à tomber.
« Attention ! Vous allez être trempés !
– Formidable ! s'exclame Pollyanna. Les pivoines vont pousse
et les fourmis vont apprendre à nager !
– Je crois que je commence à comprendre le jeu du bonheur »
s'exclame Paloma.

Une dame austère sous un grand parapluie vert les attend sur le perron.
Pollyanna saute dans ses bras.
« Bonjour, ma tante chérie ! Je suis si heureuse d'être ici !
– Tiens-toi bien ! C'est très malpoli de s'exclamer ainsi.
Suis-moi et dis à tes amis de bien essuyer leurs pieds avant d'entrer. »
Et la dame austère tourne les talons et rentre dans la maison.

« Elle est sûrement très gentille, chuchote Pollyanna en montant un grand escalier. Elle garde son amour bien rangé dans son cœur et ne le montre pas, c'est tout. »
La tante ouvre la porte d'un grenier.
« Voici ta chambre. Je te laisse t'installer.
– Oh ! là ! là ! grimace Paloma.
C'est pas très joyeux ici ! »
Mais Pollyanna danse dans la chambre au milieu du bazar, des mouches et des toiles d'araignées.
« Regardez ce tableau magnifique !
– Un tableau, où ça ? » s'écrient les enfants.
« Elle est vraiment bizarre, cette fille », se dit Pipo.

Pollyanna ouvre la fenêtre et leur montre la rivière au loin qui scintille comme un ruban d'argent.
« Et voilà : le plus beau des tableaux !
– J'ai vraiment compris ! dit Paloma. Le jeu du bonheur, c'est de toujours trouver quelque chose qui rend heureux. Même un minuscule détail !
– C'est ça, sourit Pollyanna. Vous voulez essayer ? »
Pipo remue la queue.
Enfin un jeu !

Ils sortent se promener et arrivent devant un petit pont écroulé dans la rivière.
« Comment va-t-on traverser ? se lamente Enzo. On est bloqués.
– Contournons-le, propose Paloma, je suis sûre qu'on va avoir une belle surprise sur le chemin.
– Ouaf ! Ouaf ! » aboie Pipo qui part en éclaireur.
Ce qui, en langage chien, signifie : « J'adore ce jeu du bonheur ! »

Ils font un grand détour et arrivent dans un champ de fleurs.
Un petit chat blanc se cache sous une pivoine rouge.
Il saute dans les bras d'Enzo.
« Heureusement que le pont était effondré !
Sinon on ne t'aurait pas trouvé ! »

Un monsieur s’avance en grognant
et frappe les fleurs du bout de sa canne.
« Je suis furieux. Je n’ai pas dormi de la nuit. »

« Ma voisine prend des leçons de piano. Ses gammes me rendent fou.
– C’est quoi, une gamme ? dit Paloma.
– *Do*, *ré*, *mi*, *fa*, *sol*, *la*, *si*, *do*.
Je le sais, elle m’a cassé les oreilles toute la nuit.

– Mais c’est formidable ! s’écrie Enzo.
Voyez le bon côté des choses :
grâce à elle, vous connaissez la gamme maintenant.
– C’est vrai ! » répond le monsieur, étonné.
Et il repart en sifflotant, sa canne en l’air,
en prenant bien soin de ne pas massacrer les fleurs.

Les enfants et Pipo entrent dans une auberge grise et triste.
« Quelle joie d'arriver chez vous ! » s'exclament-ils.
La patronne râle dans son tablier rapiécé.

« C'est moche ici, proteste-t-elle. Et je m'ennuie !
Personne ne s'arrête. Pas la moindre compagnie !
– Mais vous avez plein d'amis pourtant ! Regardez ! »

Pollyanna, Pipo et Paloma l’emmènent dans son jardin.
Au loin dans la prairie, des veaux, des vaches et des cabris avancent vers l’auberge en faisant sonner leurs clochettes. *Ding, dong, ding, dong* !

L'aubergiste valse de joie dans son tablier.
Elle va chercher des brassées d'herbes pour nourrir ses nouveaux amis.
Et un bol de lait pour le petit chat blanc.

Le soir venu, ils retournent chez la tante
un peu bougonne et lui donnent le chaton,
qui se love dans ses bras et ronronne.
« Il vous fait un câlin ! Il est trop mignon !
s'écrie Enzo.
– Petit chenapan ! » dit la tante
qui essaie de prendre une grosse voix
mais n'y arrive pas.
« Ouaf ! Ouaf ! » aboie Pipo.
Ce qui, en langage chien, signifie :
« Regardez, la tante sourit ! »

En effet, la tante sourit
et serre le petit chat contre elle.
Et Pollyanna aussi.
« Tu as fait entrer le soleil dans ma vie,
elle chuchote à l'oreille de sa nièce.
– Ce n'est pas difficile !
répond Pollyanna.
Il suffit de toujours voir la vie
du bon côté.

– Quelle belle leçon ! » s'exclament les enfants.
Et ils aident Pollyanna à emménager dans sa nouvelle chambre avec un grand lit, des tapis, des rideaux bien épais et un édredon fleuri !

Où était caché ?